www.pestalozzi-verlag.de

Die französische Originalausgabe erschien 2005 unter dem Titel
»Les grandes premières de l´histoire – Lindbergh traverse l´Atlantique« bei Casterman,
Brüssel

Aus dem Französischen von Christine Gallus
Beratung: Manuel Thannheiser
Illustrationen im Anhang: von Benoît Charles
Gestaltung: Petit Scarabée
Einbandgestaltung: Peter Gross
Gesamtherstellung: Verlags- und Medien AG, Köln
Printed in Italy

ISBN-10 3-614-31018-3
ISBN-13 978-3-614-31018-5

5 4 3 2 1 10 09 08 07 06

ABENTEUER & ENTDECKER

CHARLES LINDBERGH DER FLUG ÜBER DEN ATLANTIK

Agnès Vandewiele
Mit Illustrationen von François Vincent
Aus dem Französischen von Christine Gallus

PESTALOZZI

Mechaniker des Flugplatzes
Roosevelt Field
Spirit of St Lou
Mechaniker des Flugplatzes
Roosevelt Field

Charles Lindbergh
Pilot
Donald Hall
Ingenieur
Journalisten aus
New York

KAPITEL 1

EIN KÜHNER ENTSCHLUSS

In einer Septembernacht im Jahre 1926 fliegt Charles Lindbergh in seinem einmotorigen Postflugzeug nach Chicago. In der friedlichen Stille der Nacht, in der nur das leise Surren des Motors zu hören ist, kommt dem Piloten plötzlich eine verrückte Idee in den Sinn.

»Warum soll ich jetzt schon landen? Eigentlich könnte ich noch viel weiter fliegen und vielleicht sogar den Atlantik überqueren! Mit einem modernen Flugzeug, genügend Treibstoff und einem zuverlässigen Motor könnte ich bestimmt von New York bis nach Paris fliegen. Schließlich bin ich in meinem Leben schon beinahe zweitausend Stunden geflogen und das bei Tag und bei Nacht. Und Stürme und Gewitter habe ich auch jede Menge überstanden«, überlegt er.

Wie viele andere Flieger träumt auch er davon, den Raymond-Orteig-Preis zu gewinnen: 25000 Dollar soll derjenige bekommen, der als Erstes den Atlantik ohne Zwischenlandung überquert.

»Natürlich würde ich nicht den gleichen Fehler machen wie Kapitän Fonck«, überlegt er weiter. Dessen dreimotorige Sikorsky zerschellte am Ende der Startbahn und ging in Flammen auf. Dabei kamen der Mechaniker und der Funker ums Leben.

S. AIR MAIL

Lindbergh schüttelt den Kopf. »Die Maschine war zu schwer beladen und konnte nicht abheben. Deshalb werde ich ganz allein und nur mit einem Motor fliegen«, nimmt er sich vor.

Lindbergh will keine Zeit verlieren, denn er ist nicht der einzige Pilot, der den begehrten Preis gewinnen möchte. In den kommenden Monaten nimmt Charles Lindbergh mit verschiedenen Flugzeugkonstrukteuren Kontakt auf. Im Büro des Flugzeugherstellers Fokker unterbricht ihn Major Robertson ungehalten: »Sie können den Atlantik auf keinen Fall mit einer einmotorigen Maschine überqueren. Das geht nur mit einem dreimotorigen Flugzeug.«

Diesen Einwand hört Lindbergh jedes Mal, wenn er erklärt, was er vorhat. Doch der ehrgeizige Pilot gibt nicht auf. Schließlich versucht er es bei Ryan Airlines. Der Flugzeughersteller in San Diego an der amerikanischen Westküste ist seine letzte Chance. In einem heruntergekommenen Gebäude hört ihm ein großer junger Mann, der Ingenieur Donald Hall, aufmerksam zu.

»Wo soll sich denn der Pilotensitz für Sie und Ihren Navigator befinden?«, fragt ihn der Ingenieur schließlich.

»Ein Platz genügt«, antwortet Lindbergh. »Ich nehme lieber mehr Treibstoff mit als einen Begleiter. Den Pilotensitz platzieren wir am besten direkt hinter dem Treibstofftank. Dann kann ich zwar nicht nach vorne sehen, aber ich habe ja immer noch die Seiten!«

»Und die Fluginstrumente?«

»Nur das, was unbedingt nötig ist. Das Flugzeug muss so leicht wie möglich sein. Kein Funkgerät, kein Sextant*, kein Nachtfluggerät und kein

Fallschirm.«

»Und welcher Motor schwebt Ihnen vor?«, will der junge Ingenieur wissen.

»Am liebsten hätte ich den Whirlwind-Motor mit 223 PS. Er hat tausende Kilometer ohne eine einzige Panne bei Postflügen zurückgelegt ...«

5792 km sind es von New York bis nach Paris. Das haben die beiden mit einem Bindfaden auf dem Globus in der Bibliothek ausgemessen. Dafür braucht man 1710 Liter Treibstoff. Die Zeit drängt, denn Lindbergh befürchtet, dass ein Konkurrent vor ihm losfliegen könnte. Bei Ryan

Airlines arbeiten die Mechaniker und Techniker Tag und Nacht. Nach zwei Monaten ist das Flugzeug fertig.

Die ersten Versuche verlaufen erfolgreich.

»Sieht sie nicht toll aus mit ihrem silbernen Kleid!«, ruft Lindbergh beim Anblick seiner Maschine begeistert. Er hat das Flugzeug *Spirit of Saint Louis* getauft. Mit dieser fliegt er in zwei Etappen nach New York und landet dort am 12. Mai 1927. Die Zeitungen berichten über den »Verrückten Flieger«, der den Flug über den Atlantik wagen will.

Lindberghs Flug verzögert sich - das Wetter ist zu schlecht. Auch seine

Konkurrenten können nicht starten. Eines Abends ist Lindbergh mit Freunden unterwegs. Sie wollen ins Theater gehen. Auf dem Weg hält einer von ihnen an und hört den Wetterbericht. Dort wird eine vorübergehende Aufheiterung gemeldet. Lindbergh fasst seinen Entschluss: »Im Morgengrauen breche ich auf!«

---

* *Cockpit:* Das Wort kommt aus dem Englischen und bezeichnet die Pilotenkanzel in einem Flugzeug

* *Navigator:* Besatzungsmitglied in einem Flugzeug. Der Navigator kontrolliert die Flugrichtung

* *Sextant:* Instrument, mit dem man seine Position bestimmen kann. Es misst den Winkel zwischen dem Horizont und einem Stern

Spirit
of
St Louis

DER ABFLUG

In dieser Nacht macht Charles Lindbergh kein Auge zu. Am 20. Mai 1927 sieht er um drei Uhr morgens zu, wie ein Lastwagen die *Spirit of Saint Louis* im Nieselregen bis zum Flugplatz Roosevelt Field schleppt. Die Tanks werden mit Treibstoff befüllt. Der Pilot steigt in die Kabine und der Motor wird angeworfen.

»Der Motor hat dreißig Umdrehungen zu wenig«, bemerkt Lindbergh besorgt. Mit angespannter Miene beobachten Mechaniker, Journalisten und Polizeibeamten den Piloten. Alle wissen, wie viel auf dem Spiel steht: Es ist eine Entscheidung über Leben oder Tod.

»Bei diesem Wetter muss man noch etwas warten, bis der Motor seine volle Kraft entwickelt«, erklärt der Mechaniker, der den Motor gewissenhaft überprüft hat. Die große Anspannung steht ihm ins Gesicht geschrieben.

Lindbergh geht im Geiste noch einmal alle Faktoren durch: den Rückenwind, die Wettervorhersage, die Ladung, die Kraft des Motors, die aufgeweichte und schlammige Piste, die Konkurrenten, die ihm womöglich zuvorkommen, wenn er den Flug verschiebt ...

Was soll er tun: Fliegen oder nicht fliegen? Jetzt muss er sich entscheiden. Entschlossen schnallt er sich an und schiebt die Brille über die Augen.
»Es geht los, ich fliege!«, ruft er laut.
Er gibt den Mechanikern mit dem Kopf ein Zeichen, damit sie die Keile entfernen und den Gashebel ganz aufdrehen. Plötzlich ist er erleichtert und voller Zuversicht. Etwa zehn Männer schieben die schwer beladene Maschine an, um ihr beim Start zu helfen. Die Räder graben tiefe Furchen in die Startbahn. Das Flugzeug wird immer schneller, doch noch ist es nicht schnell genug. Es rollt immer

noch über den Boden. Wird es ihm gelingen, mit der schweren Ladung abzuheben? Endlich beginnt die Maschine zu beben und die Räder heben ab ... Die *Spirit* schwebt über dem Boden und steigt in die Luft.

»Ich muss genau über der Piste fliegen und aufpassen, dass ich die Telegrafenleitungen am Ende nicht streife,« murmelt Lindbergh hochkonzentriert.

Es ist 7 Uhr 54. Lindbergh nimmt Kurs auf Connecticut und Neuengland. Er hat die richtige Flughöhe erreicht. Der Motor läuft rund und hat den holprigen Start gut überstanden.

Lindbergh wirft einen prüfenden Blick auf die Bordinstrumente: Der Kurs ist korrekt. Alles ist bestens bis auf den dichten Nebel. Über Long Island begegnet er einem Begleitflugzeug. Er ist überrascht, dass die Presse seine Reise mitverfolgt. Dann sieht er nur noch den weiten Himmel, die Wolken und das Meer.

»Wenn alles gut läuft, bin ich in eineinhalb Tagen in Le Bourget!«

In seiner mit Leinenstoff verkleideten Pilotenkanzel lehnt sich Charles entspannt zurück. Doch nach vier Stunden bekommt er plötzlich einen Krampf in den Beinen. Und dann entdeckt er auch noch einen riesigen Schlammklumpen auf einer der Tragflächen.

»Und dabei haben wir uns solche Mühe gegeben, möglichst leicht zu sein«, denkt er kopfschüttelnd. »Sogar die überflüssigen Teile meiner Navigationskarten habe ich abgerissen und mich geweigert, auch nur einen einzigen Sack Post zu transportieren!«

Immer wieder schreibt er in sein Bordtagebuch. Über Neuschottland gerät er in einen heftigen Gewitterregen.

Der junge Pilot ruft sich noch einmal ins Gedächtnis, an welchen Stellen er im Notfall umkehren kann: in der Mitte der Startbahn, in Neuschottland – wo er sich gerade befindet – und auf halber Strecke.

Als er einen Schluck Wasser trinken will, weht ein Windstoß seine Karte weg. Er kann sie gerade noch rechtzeitig festhalten.

»Das war knapp! Ohne die Karte hätte ich umkehren müssen!«, murmelt er erleichtert.

Das wäre ärgerlich gewesen! Trotzdem müssen die Fenster geöffnet bleiben. Die frische Luft verhindert, dass er am Steuer einschläft.

Lindbergh wirft einen besorgten Blick auf das Meer unter ihm. Vor zehn Stunden ist er mit Kurs auf Neufundland gestartet. »Und wenn ich nun auf dem Wasser notlanden muss?«, fragt er sich plötzlich. »Ich habe nur ein Schlauchboot, fünf belegte Brote, fünf Notrationen und fünf Liter Wasser!«

KAPITEL 3

ALLEIN ÜBER DEM WEITEN MEER

Als die Dunkelheit hereinbricht, überfliegt Lindbergh Neufundland. Bis zu diesem Tag sind alle Flugzeuge hier gelandet, ehe sie über den großen und kalten Ozean geflogen sind. Charles dagegen ist schon seit 12 Stunden unterwegs und will ohne Zwischenlandung nach Paris fliegen.

»Im Moment habe ich noch genug Sprit und einen günstigen Rückenwind«, denkt Lindbergh. »Wenn ich nur nicht so müde wäre!«

Auf dem Meer treiben Eisberge. Lindbergh orientiert sich an den Sternen. Als es immer kälter wird, streift er Handschuhe und Helm über. Wie groß die Wolken sind! Von allen Seiten umgeben ihn Wolken, höher als Berge! Weil er nichts mehr sehen kann, muss er nun nur mithilfe der Instrumente fliegen. In der Dunkelheit wird die *Spirit* von heftigen Windstößen geschüttelt.

Es wird immer kälter. Der Höhenmesser zeigt über 3000 Meter und Lindbergh sieht entsetzt, wie sich Raureif auf den Tragflächen bildet.

»Mein Gott, durch die Kälte werden meine Tragflächen vereisen und

die Instrumente ausfallen! Da, der Drehzahlmesser ist schon festgefroren. Ich muss sofort den Kurs wechseln, um aus dieser Eiswolke herauszukommen!«

Lindbergh fliegt mehrere Minuten durch die Dunkelheit. Es kommt ihm wie eine Ewigkeit vor.

»Und wenn ich einfach zum Meer hinunterfliege? Oder umkehre? Allerdings wäre die Strecke jetzt beinahe so lang wie nach Irland. Was soll ich bloß tun, um aus dieser Kältezone herauszukommen: Soll ich höher oder niedriger, nach Süden oder nach Norden fliegen?«

Doch der Pilot muss nicht nur gegen das Wetter und die Dunkelheit,

sondern auch gegen den Schlaf ankämpfen. Er ist so müde, dass er seine Augen mit den Fingern aufhalten muss, damit sie ihm nicht zufallen. Er macht alles, was ihm nur einfällt, um sich wach zu halten: Er lässt frische Luft in die Kabine, schüttelt den Kopf, richtet sich auf, setzt sich wieder und wackelt mit den Zehen ...

Heftige Erschütterungen verhindern mehrmals, dass er einnickt, ohne es zu merken.

Endlich taucht die *Spirit* wieder aus der eisigen Wolke auf. Es ist nicht mehr so kalt und der Raureif verschwindet.

»Wahrscheinlich habe ich den Golfstrom überflogen«, murmelt Lindbergh

erleichtert. »Wenn ich jetzt ins Meer stürze, habe ich wenigstens eine Überlebenschance, weil das Wasser nicht mehr so kalt ist.«
Als der Morgen anbricht, ist Charles seit 24 Stunden unterwegs. Immer wieder übermannt ihn der Schlaf für wenige Sekunden. Dann verliert er die Kontrolle über die Maschine und zuckt jedes Mal erschrocken zusammen.

»Ich bin mit offenen Augen eingeschlafen. Ich bin so müde, dass ich kurz davor bin, ohnmächtig zu werden«, ermahnt er sich selbst. »Ich muss unbedingt dagegen ankämpfen, sonst bin ich verloren! Am besten strecke ich den Kopf nach draußen, um ein bisschen frische Luft zu schnappen.«

Es ist der zweite Morgen ohne Schlaf. Allmählich lichtet sich der Nebel. Immer wieder erhascht Lindbergh einen Blick aufs Meer. Jetzt muss er nicht mehr nur auf die Instrumente achten. Die Sonne blendet ihn.

»Sieht ganz so aus, als wäre ich etwas von meiner Route abgekommen. Wo bin ich nur?«, fragt er sich.

Um seine Position zu bestimmen, stellt er komplizierte Berechnungen an. Er versucht, alles zu berücksichtigen: Geschwindigkeit, Windrichtung und Windstärke. Schließlich korrigiert er seinen Kurs um zwei Grad. Doch dann muss er schon wieder eine Entscheidung treffen: Soll er lieber langsamer fliegen, um Treibstoff zu sparen, oder schneller, damit er die europäische Küste noch vor Einbruch der Dunkelheit erreicht? Soll er lieber vorsichtig oder wagemutig sein?

»Wenn ich auf Nummer sicher gehen wollte, hätte ich gar nicht losfliegen dürfen«, sagt er sich schließlich. »Ich werde schneller fliegen und Paris noch vor Einbruch der Dunkelheit erreichen!«

---

* *Golfstrom:* warmer Strom im Atlantik, der von Florida bis nach Nordwesteuropa fließt

KAPITEL 4

LAND IN SICHT!

Plötzlich entdeckt Lindbergh unter den Tragflächen etwas im Wasser. Es ist ein Kleiner Tümmler*, das erste Lebewesen seit Neufundland! Und über den Wellen fliegt eine Möwe.

»Da sind ja auch Fischerboote!«, ruft er erfreut. »Dann kann ich nicht mehr weit von der europäischen Küste entfernt sein. Hurra, ich hab's geschafft. Ich habe den Atlantik überquert!«

Lindbergh fliegt näher an das Boot unter ihm heran. Der Kopf eines Mannes erscheint am Bullauge. Lindbergh schreit: »Wo geht es nach Irland?«

Doch er bekommt keine Antwort.

»Irland muss sich vor mir im Nordwesten befinden. Immerhin bin ich meinem Zeitplan zwei Stunden voraus.«

Schließlich entdeckt er Land. Das muss Irland sein. In der Ferne taucht ein Dorf auf und Charles lenkt sein Flugzeug in Spiralen nach unten. Die Leute laufen in Scharen auf die Straße und blicken gebannt nach oben. Sie winken ihm fröhlich zu. Beim Anblick der Menschen ist er plötzlich wieder hellwach. Die Müdigkeit ist wie weggeblasen.

Jetzt muss er Irland hinter sich lassen und noch über England und Frankreich fliegen. Bis Paris sind es nun noch sechs Stunden. Plötzlich beginnt der Motor zu stottern. »Muss ich etwa notlanden? Nein, das kommt nur davon, dass der Haupttank leer ist. Es wäre dumm, jetzt zu landen. Schließlich habe ich noch genug Treibstoff, um bis nach Rom zu fliegen!«
Endlich taucht die französische Küste unter ihm auf! Die *Spirit* fliegt über die Normandie. Die Bewohner laufen aus ihren Häusern, wenn er über die Dörfer fliegt. Lindbergh isst ein belegtes Brot. Es ist seine erste Mahlzeit seit dem Abflug in New York.
Es wird dunkel. Nach etwa einer Stunde tauchen plötzlich die Lichter von Paris unter ihm auf. Der Eiffelturm! Die *Spirit* umkreist ihn einmal und fliegt dann in den Nordosten der Stadt zum Flugplatz Le Bourget.
»Der Flugplatz muss hier irgendwo sein, aber ich kann nirgends Positionsleuchten oder Markierungen oder Leuchtfeuer* erkennen. Dabei haben alle gesagt, dass man den Flugplatz nicht verfehlen kann. Er muss im Nordosten von Paris liegen. Aber auf meiner Karte ist er nirgends eingezeichnet.«
Lindbergh fliegt tiefer, um besser sehen zu können. Er entdeckt einen leeren Platz und Scheinwerfer, doch der Platz selbst ist in undurchdringliche Finsternis getaucht. Unter ihm erscheint ein langer Lichtstreifen. Es sind keine Leuchtfeuer, sondern die Scheinwerfer von Autos, die in einer langen Schlange auf einer geraden Straße stehen. Daneben befinden sich mehrere Hangars* und Flugzeuge, deren Umrisse sich vage im Dunkeln abzeichnen.
Die beleuchtete Zone vor ihm ist gerade breit genug für eine Landung.

Lindbergh geht in den Sinkflug, doch der finstere Platz beunruhigt ihn. Soll er den Steuerknüppel noch mal nach oben ziehen und das Gelände erneut überfliegen? »Nein, jetzt oder nie«, sagt er sich. »Ich muss aufpassen, dass ich nicht zu früh runtergehe. Es könnten Pfosten, Schornsteine oder

Hochspannungsleitungen in der Nähe stehen. Ich bin mit diesem Flugzeug noch nie im Dunkeln gelandet. Ich muss es einfach wagen.«

Endlich berührt die *Spirit* den Boden. »Ich habe es geschafft!«, jubelt Lindbergh.

Langsam rollt das Flugzeug auf die beleuchtete Zone mit den Hangars zu. Lindbergh ist überglücklich. Er strahlt übers ganze Gesicht. »Die *Spirit* ist ein wunderbares Flugzeug«, denkt er. »Gemeinsam haben wir den Flug

über den Atlantik geschafft. Sie und ich! Vor genau 33 Stunden und 30 Minuten haben wir New York verlassen und soeben den ersten Flug von New York nach Paris ohne Zwischenlandung geschafft!«

---

* *Kleiner Tümmler:* Delfinart, die in kalten Gewässern vorkommt und oft neben Schiffen herschwimmt

* *Leuchtfeuer:* Lichtsignal, das die Start- und Landebahn oder hohe Objekte markiert

* *Hangar:* Flugzeugschuppen

KAPITEL 5

EIN HELD WIRD GEBOREN

Auf dem Flugplatz drängen sich die Menschen. Tausende laufen auf das Flugzeug zu und rufen Lindberghs Namen.
»Was ist denn hier los?«, wundert er sich.
Er hat keine Ahnung, mit welchem großen Interesse sein Flug mitverfolgt wurde. Jedes Mal, wenn er eine Küste passierte, wurde dies sofort gemeldet. Als im Radio verkündet wird, dass er in Paris angekommen ist, strömen hunderte Autos zum Flugplatz Le Bourget und verursachen einen riesigen Stau. Und jetzt stürmen alle zu ihm. Polizeibeamte versuchen den Ansturm zu bremsen, doch die Absperrungen halten den Menschenmassen nicht stand. Als Lindbergh aus seinem Flugzeug steigen will, heben ihn die Menschen jubelnd in die Luft. Entsetzt hört Charles das Knirschen von Holz und Reißen von Stoff. Er befürchtet, die vielen Menschen könnten sein Flugzeug beschädigen. Plötzlich reißt ihm jemand seinen Helm aus der Hand und stülpt ihn einem amerikanischen Journalisten über den Kopf. So lenken zwei französische Piloten die johlenden Menschen ab, ehe der Flieger vor lauter Begeisterung noch erdrückt wird.

So gelangt Lindbergh schließlich doch noch unbeschadet zum Flughafen. Dort wird er von Regierungsvertretern empfangen. Danach soll er zur amerikanischen Botschaft gebracht werden.

»Ich habe noch 322 Liter Treibstoff. Damit hätte ich noch 1500 km weiter fliegen können«, erklärt er den Journalisten der *New York Times* in einem 30-minütigen Interview.

Um 4 Uhr 15 morgens sinkt er endlich in einen tiefen Schlaf – er hat seit 63 Stunden nicht geschlafen.

Als er am 22. Mai wieder erwacht, drängen sich rund dreihundert Journalisten, Pressefotografen und Kameraleute im Hof der Botschaft. Als er auf den Balkon hinaus tritt, brechen alle in lautes Jubelgeschrei aus und rufen: »Lindbergh lebe hoch!«

An diesem Tag besucht Charles Lindbergh als Erstes Madame Nungesser. Sie ist die Mutter eines französischen Piloten. Wie so viele andere hatte er versucht, den Atlantik zu überqueren und war ums Leben gekommen. Anschließend isst Lindbergh mit Louis Blériot zu Mittag. Er ist der erste Pilot, der 1909 den Ärmelkanal mit dem Flugzeug überquert hat.

»Ich möchte Ihnen gerne ein kleines Stück des Propellers meines Eindeckers schenken« sagt Blériot und gratuliert ihm zu seinem Flug. Einige Tage später fliegt Lindbergh mit der *Spirit* nach Belgien und nach England, wo er jubelnd empfangen wird. Schließlich macht er sich an Bord des amerikanischen Kreuzers *Memphis* auf den Rückweg in die USA. Für den Transport wird die *Spirit* in ihre Einzelteile zerlegt.

Am 13. Juni fährt Lindbergh über den Broadway in New York. Von den Wolkenkratzern rieseln Konfetti und Luftschlangen auf ihn nieder. Amerika feiert seinen neuen Helden. Drei Tage später erhält Lindbergh in Washington den Orteig-Preis über 25000 Dollar. Später besucht er Orville Wright in Ohio. Diesem war 1903 mit seinem Bruder Wilbur an Bord der *Flyer* der erste Flug in der Geschichte gelungen. Sie waren knapp eine Minute in der Luft und flogen 260 Meter weit. Die Begegnung ist sehr bewegend. Wer hätte damals gedacht, dass 24 Jahre später jemand über 6000 Kilometer ohne Zwischenlandung über den Atlantik fliegen würde?

Lindberghs Traum ist Wirklichkeit geworden. Überall, wo er hinkommt, jubeln ihm die Menschen zu. Sie bejubeln, ohne es zu ahnen, die Zukunft der Luftfahrt. Denn schon bald verbinden die Flugzeuge die Kontinente und Völker.

---

* *Eindecker* : Flugzeug mit einfachen Tragflächen; im Gegensatz zu den Doppeldeckern, die zwei Paar Tragflächen haben

* *Kreuzer* : schnelles Kriegsschiff zur Überwachung oder Begleitung

Jahrhundertelang haben es Seemänner mit dem Atlantik aufgenommen. Am Anfang des 20. Jahrhunderts wagen die ersten Luftpioniere die Überquerung des Ozeans.

DIE ÜBERQ

Volldampf voraus

1838 erfindet ein Engländer das so genannte Blaue Band. Es ist eine Ehrung für das Schiff, das am schnellsten den Atlantik von Europa nach New York überquert. Der 241 Meter lange Ozeandampfer *Mauretania* hält den Rekord von 1907 bis 1927. In diesem Jahr überfliegt Lindbergh auch den Atlantik. Das Schiff schafft es in 4 Tagen und 22 Stunden.

Erster Flug ohne Zwischenlandung

Am 14. Juni 1919 starten der englische Pilot John Alcock und sein Navigator Arthur Whitten Brown von Neufundland mit ihrer zweimotorigen Vickers Vimy. Trotz starker Turbulenzen erreichen sie die irische Küste. Es ist die erste Überquerung des Atlantiks ohne Zwischenlandung. 16 Stunden und 27 Minuten hat der Flug zwischen den beiden Inseln der Nordatlantikküste gedauert. 3032 km haben sie zurückgelegt.

JERUNG DES ATLANTIKS

Ein Versuch mit tragischem Ende

1926 will René Fonck, ein Flieger-Ass aus dem Ersten Weltkrieg, den Orteig-Preis für den ersten Transatlantikflug von New York nach Paris gewinnen. Doch der Versuch scheitert. Die dreimotorige Sikorsky mit dem ehrgeizigen Namen *New York-Paris* ist so schwer beladen, dass sie nicht abheben kann. Das Fahrwerk bricht, die Maschine überschlägt sich und fängt Feuer. Der Funker und der Navigator kommen in den Flammen ums Leben.

Mysteriöses Verschwinden

Charles Nungesser war im Ersten Weltkrieg ein herausragender Flieger. Mit seinem Navigator François Coli startet er am 8. Mai 1927 gegen 5 Uhr 20, um den ersten Flug von Paris nach New York ohne Zwischenlandung zu versuchen. Wegen des starken Gegenwinds ist die Überquerung von Osten nach Westen noch schwieriger als in umgekehrter Richtung. Obwohl die Zeitungen die Ankunft der Flieger in New York melden, sind die beiden in Wirklichkeit spurlos verschwunden. Zuletzt wurde das Flugzeug *L'Oiseau blanc* über Irland gesichtet.

LINDBERGHS LEISTUNG

Lindbergh glaubt an die Zukunft der Luftfahrt. »New York – Paris ohne Zwischenlandung! Wenn Flugzeuge das schaffen, entstehen ungeahnte Möglichkeiten für die Luftfahrt«, erklärt er begeistert.

Ein junger Pilot

Charles Lindbergh wird am 4. Februar 1902 in Detroit im Bundesstaat Michigan geboren. Schon als Kind interessiert er sich für alles Mechanische. Er beginnt ein Maschinenbaustudium, das er allerdings abbricht. Ab 1922 lernt er Fallschirmspringen und wird Kunstflieger. Danach kauft er sein erstes Flugzeug, einen alten Curtiss Jenny Doppeldecker. Nachdem er seinen ersten Alleinflug absolviert hat, bewirbt er sich als Militärpilot. 1926 wird er Postflieger auf der Strecke Saint-Louis – Chicago und transportiert die Post durch Gewitter und Stürme. Als er sich 1926 entschließt, den Orteig-Preis auf der Strecke New York - Paris zu gewinnen, ist er 25 Jahre alt und hat bereits 2000 Flugstunden hinter sich.

Z E I T

SEPTEMBER 1926
Lindbergh ist Postflieger auf der Strecke St Louis – Chicago. Auf einem seiner Nachtflüge beschließt er, von New York nach Paris zu fliegen.

25. FEBRUAR 1927
Er bestellt sein Flugzeug beim Flugzeughersteller Ryan Airlines in San Diego in Kalifornien.

28. APRIL 1927
Erste Flugversuche mit der *Spirit of Saint Louis*.

UNGEWÖHNLICHE ÜBERQUERUNGEN

1950 MIT DEM AMPHIBIENFAHRZEUG

Der Australier **Ben Carlin** und seine Frau überqueren den Atlantik von West nach Ost an Bord eines Amphibienjeeps mit dem Namen Half-Safe. Die Karosserie wurde mit einer Hülle aus Plexiglas und Kautschuk wasserdicht gemacht. Im Wasser wird das Fahrzeug mit einer Schiffschraube betrieben.

1952 FREIWILLIGER SCHIFFBRUCH

Der Wissenschaftler und Arzt **Alain Bombard** will zeigen, dass ein Schiffbrüchiger ohne Lebensmittel und Wasser im Atlantik überleben kann. Er startet auf einem 4,60 m großen Schlauchboot mit dem Namen *L'hérétique* und legt in 65 Tagen 7009 km zurück. Unterwegs ernährt er sich nur von Fisch, Vögeln und Plankton.

1987 MIT DEM SURFBRETT

Stéphane Peyron ist der Erste, der den Atlantik mit dem Surfbrett überquert - ohne fremde Hilfe oder Begleitschiff. Er startet in New York. Unterwegs muss er ständig seine salzverkrusteten Finger verarzten. Am 26. Juli 1987 erreicht er La Rochelle. Nach 46 Tagen auf dem Surfbrett ist er erschöpft und abgemagert.

1964 ALLEIN MIT DEM SEGELBOOT

Mit der Pen Duick II gewinnt **Eric Tabarly** in 27 Tagen die zweite Transatlantikregatta. Damit schlägt er den Rekord von Sir Francis Chichester. Dieser hatte die erste Transatlantikregatta in 40 Tagen gewonnen.

1987 IM HEISSLUFTBALLON

Der Amerikaner **Richard Branson** lässt einen 55 m hohen Heißluftballon bauen. Am 2. Juli 1987 hebt er gemeinsam mit Per Lindstrand im amerikanischen Bundesstaat Maine ab. 31 Stunden und 41 Minuten später landet der Ballon vor der schottischen Küste im Meer. Die beiden Männer werden von Helikoptern aus dem Wasser geholt.

REKORDVERDÄCHTIG

1991 MIT DEM ULTRALEICHTFLUGZEUG

Guy Delage startet von den Kapverdischen Inseln und erreicht eine 2400 km entfernte kleine Insel vor der brasilianischen Küste nach 24 Stunden. Bei starken Turbulenzen und einer Windgeschwindigkeit bis zu 150 km/h muss er oft blind navigieren.

2001 IM TEAM MIT DEM KATAMARAN

Steve Fossett legt mit seinem Riesenkatamaran *Play Station* im Team die gleiche Strecke wie Laurent Bourgnon in vier Tagen, 17 Stunden, 28 Minuten und sechs Sekunden zurück.

2004 RUDERREKORD

Emmanuel Coindre schlägt den Rekord von Gérard d'Aboville (1980, 71 Tage und 23 Stunden). Er überquert den Atlantik in 62 Tagen, 19 Stunden und 48 Minuten.

1994 ALLEIN MIT DEM SEGELBOOT

Laurent Bourgnon hält den Rekord der Solo-Atlantiküberquerung mit dem Segelboot. Mit der *Primagaz* startet er vom Ambrose Lighthouse (an der New Yorker Küste) bis zum Cap Lizard in England. In sieben Tagen, zwei Stunden, 34 Minuten und 42 Sekunden.

2000 FRAU AN BORD

Peggy Bouchet ist die erste Französin, die den Atlantik mit dem Ruderboot überquert: Von den Kapverdischen Inseln zu den Antillen. 2003 rudert Maud Fontenoy in die entgegengesetzte Richtung. Von Saint-Pierre-et-Miquelon nach Spanien, 6700 km in 117 Tagen.

Wer noch mehr wissen will ...

Welches ist das beste Flugzeug?

Bis 1926 sind alle Versuche, den Atlantik mit dem Flugzeug zu überqueren, gescheitert. Vier Tote, zwei Vermisste und drei Verletzte hatte dieses Unterfangen bereits gefordert. Alle Versuche wurden mit großen dreimotorigen Maschinen unternommen. Deshalb will Lindbergh lieber mit einer einmotorigen Maschine fliegen. Die ist leichter und das Risiko einer Panne ist somit geringer. Der kleine graue Eindecker Ryan NYP (für »New York - Paris«) bekommt den Namen *Spirit of Saint Louis* - zu Ehren der Geschäftsleute dieser Stadt. Lindbergh verdankt seinen Erfolg auch dem technischen Fortschritt: der Wright Whirlwind J-5C-Sternmotor mit 220 PS wurde luftgekühlt. Er verbrauchte weniger Treibstoff und war deshalb für längere Flüge geeignet. Seit 1928 steht die *Spirit of Saint Louis* im Museum in Washington.

Die *Spirit* ist eine einmotorige Maschine, deren Metallgerüst mit Leinen überzogen ist. Zu Lindberghs Bordinstrumenten gehörte ein neuartiger Kompass, mit dem man den Kurs besser halten konnte. Außerdem ein Höhenmesser, ein Flugkontrollgerät, ein Tachometer, ein Drehzahlmesser und ein Neigungsmesser ...

TAFEL

16. MAI 1927
Die *Spirit of Saint Louis* ist startbereit. Doch das Wetter ist schlecht.

20. MAI 1927
Um 7 Uhr 54 fliegt Charles Lindbergh in New York (Roosevelt Field) los.

21. MAI 1927
Um 22 Uhr landet die *Spirit of Saint Louis* auf dem Flugplatz Le Bourget bei Paris.

Ein Pionier

Dank Lindbergh fliegen heute jeden Tag hunderte Flugzeuge und tausende Passagiere über den Atlantik. Nach seinem berühmten Flug arbeitet er als Testpilot für die Raumfahrt und nimmt an Militäreinsätzen teil. Später wird er zum Opfer seiner Berühmtheit: 1932 wird sein Sohn entführt und getötet. Am 26. August 1974 starb Lindbergh.

PASSAGIERFLÜGE

1937 DAS ENDE DER LUFTSCHIFFE

In den dreißiger Jahren überqueren tausende Passagiere den Atlantik an Bord der komfortablen deutschen **Zeppeline**. Doch am 6. Mai 1937 geht das Luftschiff *Hindenburg* in Flammen auf. 36 Menschen sterben. Die Katastrophe markiert das Ende dieser Ära. Die Luftschiffe gelten aufgrund ihrer leicht entzündlichen Gasfüllung als zu gefährlich.

1939 ERST DIE WASSERFLUGZEUGE...

Die Fluggesellschaft Panamerican Airways startet ihren **ersten regulären Linienflug** über den Nordatlantik von New York nach Southhampton. Die Boeing 314 Yankee Clipper, ein großes Wasserflugzeug, fliegt den ersten Transatlantik-Postflug mit Passagieren an Bord. Sie überquert den Atlantik mit 300 km/h.

1945 ... DANN DIE LANDFLUGZEUGE

Zum ersten Mal bewältigt ein Landflugzeug – und kein Wasserflugzeug –, eine **Douglas C 54 Skymaster**, die Verbindung New York – London in einer Flugzeit von 14 Stunden 5 Minuten.

1958 DIE ÄRA DER JETS

Mit der **Boeing 707** braucht man jetzt nur noch 8 Stunden von Paris nach New York.

1977 ÜBERSCHALL-GESCHWINDIGKEIT

Die **Concorde**, ein Passagierflugzeug mit Überschallgeschwindigkeit, fliegt mit Mach 2 (etwa 2.200 km/h) und schafft es in dreieinhalb Stunden von Paris nach New York!